La Bella y la Bestia

Marie Leprince de Beaumont

Ilustraciones de Kim Sam-Hyeon

ALFAGUARA MR
INFANTIL

ALFAGUARA ^{MR}

INFANTIL

LA BELLA Y LA BESTIA
Título original: *La Belle et la Bête*

D.R. © de las ilustraciones: Yeowon Media, 2005
Esta edición en español es publicada por acuerdo con Yeowon Media, a través de la agencia
The ChoiceMaker Korea Co.
Las ilustraciones fueron realizadas por Kim Sam-Hyeon

D.R. © de la traducción: Enrique Mercado, 2008

D.R. © de esta edición
Editorial Santillana, S.A. de C.V., 2013
Av. Río Mixcoac 274, Col. Acacias
03240, México, D.F.

Alfaguara Infantil es un sello editorial de Grupo Prisa, licenciado a favor
de Editorial Santillana, S.A. de C.V.
Éstas son sus sedes:

ARGENTINA, BOLIVIA, CHILE, COLOMBIA, COSTA RICA, ECUADOR, EL SALVADOR, ESPAÑA, ESTADOS
UNIDOS, GUATEMALA, MÉXICO, PANAMÁ, PARAGUAY, PERÚ, PUERTO RICO, REPÚBLICA DOMINICANA,
URUGUAY Y VENEZUELA.

Primera edición en Santillana Ediciones Generales, S.A. de C.V.: enero de 2009
Primera edición en Editorial Santillana, S.A. de C.V.: mayo de 2013
Primera reimpresión: septiembre de 2013

ISBN: 978-607-01-1604-9

Impreso en México

Esta obra se terminó de imprimir en Septiembre de 2013 en los talleres de Impresora Tauro S.A. de C.V.
Plutarco Elías Calles No. 396 Col. Los Reyes Delg. Iztacalco C.P. 08620. Tel: 55 90 02 55

SANTILLANA

La Bella y la Bestia

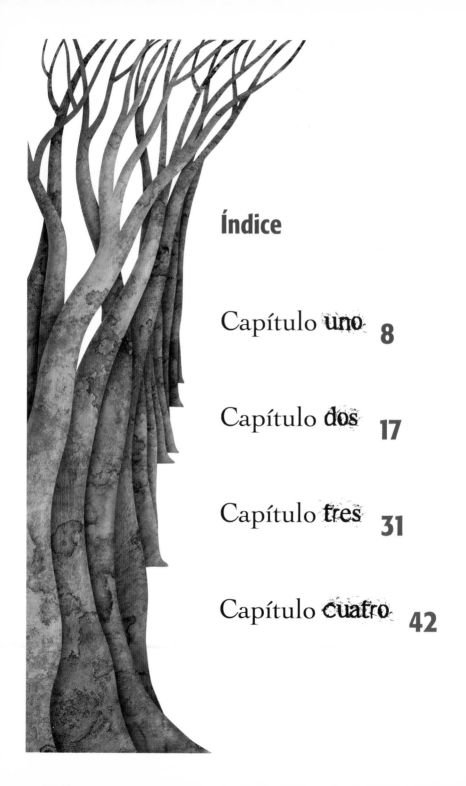

Índice

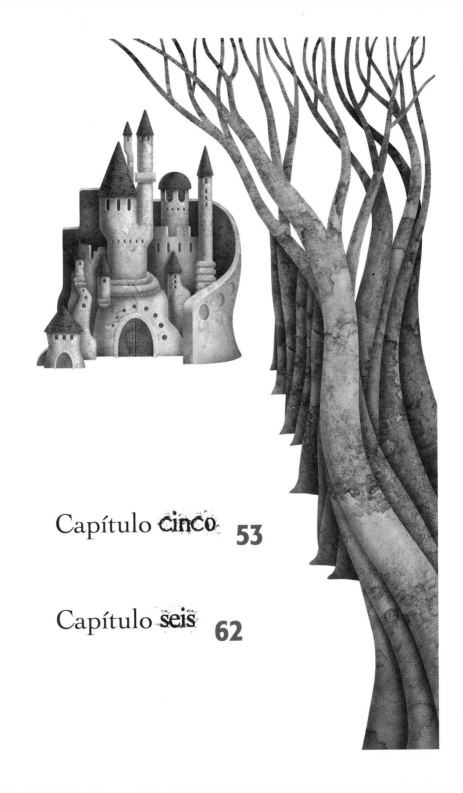

Capítulo uno

Había una vez un comerciante muy rico que tenía seis hijos, tres hombres y tres mujeres; siendo hombre de buen juicio, no reparó en gastos para su educación, y les dio todo tipo de maestros. Sus hijas eran extremadamente hermosas, en especial la menor. De niña, todos la admiraban, y la llamaban "La pequeña Bella", así que cuando creció aún le decían "Bella", lo que daba mucha envidia a sus hermanas. La menor, además de hermosa, también era de mejores sentimientos que sus hermanas. Las dos mayores se enorgullecían mucho de su riqueza. Se daban ridículos aires, y no visitaban a las hijas de otros comerciantes ni andaban en compañía sino de personas de calidad. Todos los días asistían a fiestas, bailes, obras de teatro, conciertos, entre otras diversiones, y se reían de su hermana menor, porque pasaba la mayor parte del tiempo leyendo buenos libros. Como se sabía que heredarían

una gran fortuna, varios comerciantes eminentes las cortejaban; pero las dos mayores decían que nunca se casarían, a no ser con un duque o al menos con un conde. Bella agradecía de manera muy comedida que la cortejaran, además, decía que aún era demasiado joven para casarse y que prefería quedarse con su padre unos años más.

De pronto el comerciante perdió toda su fortuna, con excepción de una pequeña casa de campo a gran distancia de la ciudad, y explicó a sus hijos, con lágrimas en los ojos, que tendrían que mudarse allá y trabajar para ganarse la vida. Las dos mayores replicaron que no dejarían la ciudad, pues tenían varios enamorados que, estaban seguras, las recibirían con agrado aunque ya no tuvieran fortuna; pero en ello estaban equivocadas, porque sus enamorados las desairaron y abandonaron en su pobreza. Dado que por su orgullo no eran amadas, todos dijeron: "No merecen piedad, nos alegra ver humillado su orgullo, que se vayan y se den aires ordeñando vacas y vendiendo leche. Pero", añadían, "Bella nos preocupa en extremo; ¡es una criatura tan dulce y encantadora, les habla con tanto amor a los pobres y es de tan afable y atentas maneras!" Más aún, varios caballeros se habrían casado con ella aunque sabían que no tenía un centavo; pero Bella les dijo que no podía pensar siquiera en dejar a su pobre padre en su desgracia, y que estaba resuelta a ir con él al campo para consolarlo y atenderlo.

La pobre Bella se entristeció al principio por la pérdida de su fortuna; "pero", se dijo, "ni aunque llorara por siempre las cosas mejorarían, así que debo tratar de ser feliz sin fortuna". Cuando llegaron a su casa de campo, el comerciante y sus tres hijos se entregaron con gran afán a la agricultura y la labranza. Bella se levantaba a las cuatro de la mañana, se apuraba para tener limpia la casa y listo el desayuno para la familia. En los primeros días esto le pareció muy difícil, porque no estaba acostumbrada a trabajar como la servidumbre; pero en menos de dos meses se puso más fuerte y saludable que nunca. Después de terminar su trabajo, leía, tocaba el clavicordio o entonaba una canción mientras hilaba. Por el contrario, sus dos hermanas no sabían cómo pasar el tiempo; se levantaban a las diez y no hacían más que dar vueltas todo el día, lamentando la pérdida de sus finas prendas y relaciones. "Pero mira nada más a nuestra hermana menor", se decían una a otra; "¡qué criatura más desdichada, tonta y despreciable debe de ser para contentarse con una situación tan infeliz!" El buen comerciante era de muy distinta opinión; sabía muy bien que Bella eclipsaba a sus hermanas, en su persona tanto como en su razón, y admiraba la humildad, laboriosidad y paciencia con que se comportaba; porque sus hermanas no sólo dejaban que hiciera todo el trabajo de la casa, sino que la insultaban a cada momento.

La familia había vivido alrededor de un año en su retiro cuando el comerciante recibió una carta que decía que un barco, a bordo del cual viajaban efectos de su propiedad, había llegado con bien. Esta noticia volvió locas a las dos hijas mayores, quienes de inmediato se ilusionaron con la esperanza de regresar a la ciudad, porque estaban hartas de la vida en el campo.

Capítulo dos

Cuando vieron que su padre se disponía a partir, le rogaron que les comprara vestidos, gorros, sortijas y toda suerte de bagatelas. Bella, en cambio, no pidió nada, pues pensó que el dinero que su padre iba a recibir apenas alcanzaría para adquirir todo aquello que sus hermanas querían.

–¿Y tú qué deseas, Bella? –le preguntó su padre.

–Ya que tienes la gentileza de pensar en mí –respondió ella–, ten la bondad de traerme una rosa, porque por aquí no crece ninguna, son una rareza.

No es que Bella quisiera una rosa, sino que pidió algo para que no pareciera que, con su ejemplo, condenaba la conducta de sus her-

manas, quienes habrían dicho que sólo lo hacía para lucir especial. El buen hombre emprendió el viaje; pero cuando llegó a su destino, lo llevaron ante la justicia por causa de la mercancía; y luego de numerosas e inútiles dificultades y molestias, volvió tan pobre como antes.

Estaba a cincuenta kilómetros de su casa, pensando en el placer que tendría al ver de nuevo a sus hijos, cuando, al atravesar un bosque inmenso, se perdió. Llovía y nevaba muchísimo, y el viento era tan fuerte que lo tiró dos veces del caballo. Al caer la noche, empezó a temer que moriría de hambre y frío o sería devorado por los lobos, a los que oía aullar a su alrededor, cuando, al mirar de pronto

por una larga arboleda, distinguió una luz a la distancia. Al avanzar un poco más percibió que provenía de un palacio iluminado profusamente. El comerciante dio gracias a Dios por tan feliz descubrimiento y se apresuró a llegar al palacio; pero le sorprendió mucho no encontrar a nadie afuera. Su caballo lo siguió, hasta cuando vio un gran establo abierto. Entró y, hallando lo mismo heno que avena, la pobre bestia, casi famélica, se dispuso a comer con gran ansiedad. El comerciante lo ató al pesebre y echó a andar a la casa, donde tampoco vio a nadie; sin embargo al entrar a un inmenso salón, halló una hoguera enorme y una mesa abundantemente servida, con un solo cubierto. Dado que estaba empapado por la lluvia y la nieve, primero se acercó a la hoguera para secarse. "Espero", dijo, "que el amo de esta casa, o sus sirvientes, excusen la libertad que me tomo; supongo que algunos de ellos no tardarán en aparecer".

Esperó largo rato, hasta que dieron las once, pero nadie llegó; al final tenía tanta hambre que no pudo más, tomó un pollo y se lo comió de dos mordidas, sin dejar de temblar. Luego bebió un par de copas de vino y, sintiéndose más valiente, salió del salón antes de cruzar magníficos aposentos con espléndidos muebles hasta llegar a una cámara que contenía una cama insuperable. Como estaba muy fatigado y ya pasaba de la medianoche, concluyó que sería mejor cerrar la puerta y acostarse.

Eran las diez de la mañana del siguiente día cuando el comerciante despertó. Al levantarse le asombró ver en el cuarto una muda de

ropa suya, muy bien dispuesta. "Seguramente", dijo, "este palacio pertenece a un hada, que ha visto mi apuro y se ha apiadado de mí". Miró por la ventana, pero en vez de nieve vio los más primorosos árboles, entretejidos con las flores más hermosas que hubiera contemplado jamás. Regresó entonces al gran salón, donde había cenado la noche anterior, y sobre una mesita encontró un poco de chocolate preparado.

—Gracias, buena Señora Hada —dijo en voz alta—, por tener la atención de ofrecerme un desayuno; estoy muy agradecido con usted por todos sus favores.

El buen hombre bebió su chocolate y luego fue a buscar su caballo; pero al pasar por un rosedal recordó la petición que Bella le había hecho, por lo que tomó una rama con varias flores. Al instante oyó un gran estruendo y vio que hacia él se dirigía una bestia tan horrorosa que por poco se desmaya.

—¡Es usted un ingrato! —le dijo la bestia, con terrible voz—. Le salvé la vida recibiéndolo en mi castillo, y a cambio me roba mis rosas, que aprecio más que nada en el universo. Pero morirá por ello; le doy un cuarto de hora para que se prepare y recite sus oraciones.

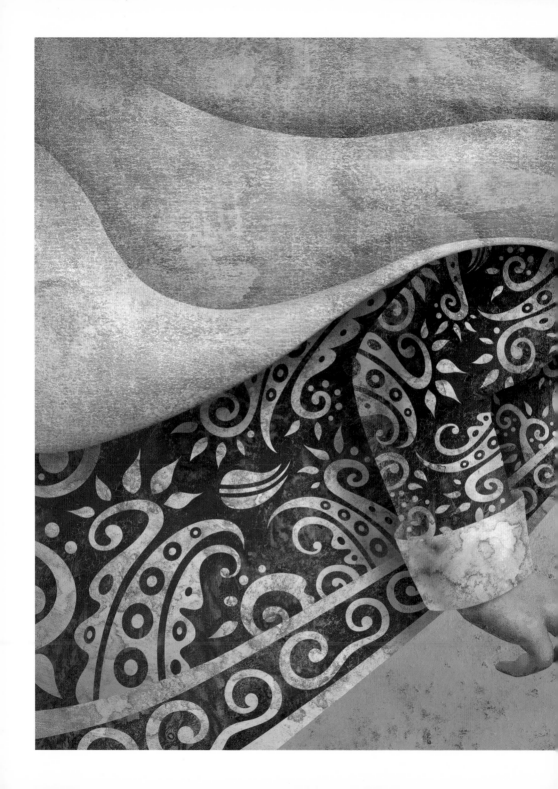

El comerciante cayó de rodillas y alzó las dos manos:

—Señor mío —dijo—, le ruego que me perdone; en verdad no fue mi intención ofenderlo al tomar una rosa para una de mis hijas, quien me pidió llevársela.

—No me llamo "Señor mío" —replicó el monstruo—, sino Bestia. No me agradan los cumplidos, ¡oh, no!; me gusta que la gente diga lo que piensa; así que no crea que van a conmoverme sus aduladoras palabras. Pero ha dicho tener hijas; lo perdonaré a condición de que una de ellas venga por su voluntad y sufra por usted. No añada nada, ocúpese de sus asuntos; y jure que si su hija se niega a morir en su lugar, usted regresará dentro de tres meses.

El comerciante no tenía ninguna intención de sacrificar a sus hijas a manos de ese horrible monstruo, pero al obtener la oportunidad pensó que tendría la satisfacción de verlas una vez más; así que prometió que volvería. Entonces la Bestia le dijo que podía marcharse cuando gustara.

—Pero —agregó—, no partirá con las manos vacías; regrese al cuarto donde durmió y verá un gran cofre vacío; llénelo con lo que quiera y yo lo enviaré a su casa.

En ese momento, la Bestia se retiró.

"¡Bueno!", se dijo el buen hombre. "Si he de morir, al menos tendré el consuelo de dejar algo a mis pobres hijos".

Volvió a la recámara y, hallando gran cantidad de variadas piezas de oro, llenó el gran cofre que la Bestia había mencionado. Lo cerró con llave y luego sacó su caballo del establo, abandonando el palacio con tanta pena como alegría había sentido al llegar. El caballo tomó por sí solo uno de los caminos del bosque, y en unas horas el buen hombre estaba en casa.

Sus hijos lo rodearon; pero en vez de recibir sus abrazos con gusto, él los miró y, levantando la rama que llevaba en las manos, echó a llorar.

—Ten, Bella —dijo—, toma estas rosas; mas no sabes cuánto han de costar a tu desdichado padre.

Entonces relató su fatal aventura. De inmediato, las dos hijas mayores empezaron a lanzar lamentosas protestas, y dijeron toda clase de malintencionadas palabras a Bella, quien no lloró en absoluto.

Capítulo tres

—Miren nada más el orgullo de esta sinvergüenza —dijeron—; no pidió ropa fina, como nosotras; no, claro, la niña quería distinguirse; así que ahora ella será culpable de la muerte de nuestro pobre padre, pero ni siquiera así derrama una lágrima.

—¿Por qué debería? —preguntó Bella—. Sería totalmente inútil, porque mi padre no sufrirá, pues el monstruo aceptará a una de sus hijas: yo me entregaré a su furia. Soy muy feliz al pensar que mi muerte salvará la vida de mi padre, y será una prueba de mi tierno amor por él.

—No, hermana —dijeron sus tres hermanos—, eso no ocurrirá; nosotros buscaremos al monstruo y lo mataremos o moriremos en el intento.

—No imaginen tal cosa, hijos míos —dijo el comerciante—. El poder de la Bestia es tan

grande que no puedo esperar que lo venzan; me halaga el amable y generoso ofrecimiento de Bella, pero no puedo aceptarlo. Soy viejo, y no me queda mucho por vivir, así que únicamente perderé unos años, lo cual sólo lamento por ustedes, queridos hijos.

—No, padre —terció Bella—, no irás al palacio sin mí; no puedes impedirme que te siga.

Fue en vano todo cuanto dijeron, porque Bella no dejó de insistir en marchar al magnífico palacio; y sus hermanas estaban encantadas con eso, porque su virtud y afables cualidades las llenaban de celos y envidia.

Al comerciante le afligía tanto la idea de perder a su hija que había olvidado por entero el cofre lleno de oro; pero en la noche, cuando se retiró a descansar, no bien había cerrado la puerta de su alcoba cuando, para su gran sorpresa, lo encontró junto a su cama. Decidió, sin embargo, no decir a sus hijos que ya era rico, porque de inmediato querrían regresar a la ciudad, y él había resuelto no abandonar el campo; pero confió el secreto a Bella, quien le informó que dos caballeros habían llegado en su ausencia y cortejado a sus hermanas. Rogó a su padre consentir los matrimonios, además de darles fortuna; porque era tan buena que las amaba y perdonaba todos sus maltratos.

Esas malvadas criaturas frotaron sus ojos con una cebolla, para forzar algunas lágrimas cuando se separaron de su hermana; pero sus hermanos sí estaban preocupados. Bella fue la única que no derramó lágrimas al separarse de ellos, para no aumentar su zozobra.

El caballo tomó el camino directo al palacio; y, hacia la noche, lo percibieron iluminado como la primera vez. El caballo entró por sí solo al establo, y el buen hombre y su hija llegaron al gran salón, donde hallaron una mesa

espléndidamente servida, pero ahora con dos cubiertos. El comerciante no tenía ánimos para comer; pero Bella se esforzó por parecer alegre, se sentó a la mesa y le sirvió. Luego pensó: "Seguramente la Bestia quiere que engorde antes de devorarme, puesto que ofrece tantas atenciones". Cuando terminaron de cenar, oyeron un gran estruendo y el comerciante, anegado en llanto, se despidió de su pobre hija porque supo que la Bestia se aproximaba. A Bella le aterró su hórrida forma, pero mostró tanto valor como pudo. Cuando el monstruo le preguntó si estaba ahí por su voluntad, ella respondió, temblando, "s-s-í".

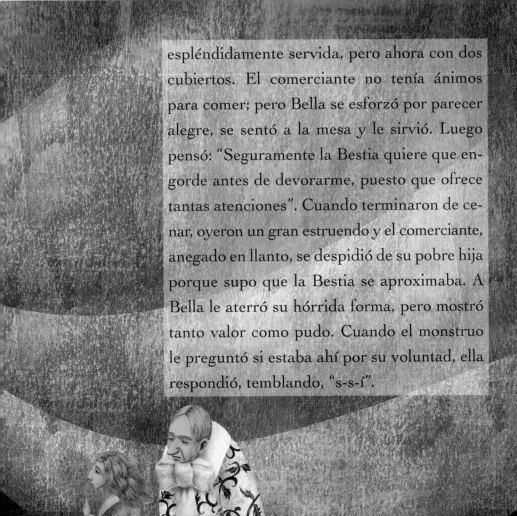

–Es usted un hombre de palabra y le estoy muy agradecido. Hombre honesto, parta mañana en la mañana, mas nunca piense en volver aquí. Hasta mañana, Bella.

–Hasta mañana, Bestia –contestó ella e inmediatamente el monstruo se retiró.

–¡Ay, hija! –dijo el comerciante, abrazando a Bella–, muero de miedo. Créeme, sería mejor que regresaras y me dejaras aquí.

–No, padre –repuso Bella, con tono resuelto–, te irás mañana en la mañana; déjame al cuidado y protección de la Providencia.

Se fueron a la cama y creyeron que no cerrarían los ojos en toda la noche; pero apenas se acostaron, cayeron dormidos. Bella soñó que una fina dama llegaba y le decía: "Estoy contenta, Bella, de tu buena voluntad. Esta buena acción tuya, de renunciar a tu vida para salvar la de tu padre, no quedará sin recompensa". Bella despertó y le contó a su padre

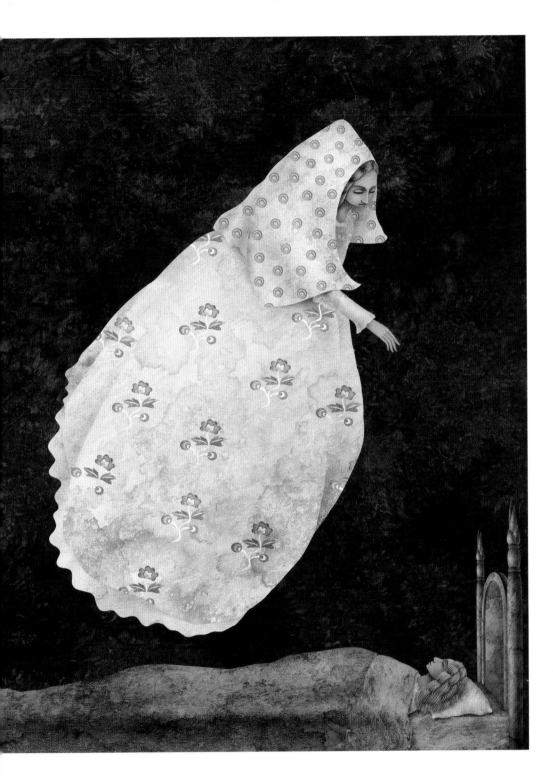

su sueño, pensando que ayudaría a consolarlo un poco, pero él no pudo evitar llorar amargamente al despedirse de su querida hija.

Tan pronto como él se fue, Bella se sentó en el gran salón y echó a llorar también; pero como era dueña de una gran resolución, se encomendó a Dios y decidió no pasar intranquila el poco tiempo que le quedaba de vida; porque creía firmemente que la Bestia se la comería esa noche.

Sin embargo, pensó que bien podía pasear hasta entonces y ver el espléndido castillo, que no podía menos que admirar; era un lugar precioso y agradable. Le sorprendió en extremo ver una puerta en la que estaba escrito: "APOSENTO DE BELLA". La abrió a toda prisa, y quedó deslumbrada por la magnificencia que reinaba en todas partes; pero lo que más llamó su atención fue una biblioteca enorme, un clavicordio y varios libros de música. "Bueno", se dijo, "veo que no dejarán que el tiempo se me haga eterno por falta de diversión". Luego reflexionó: "Pero si yo fuera a quedarme aquí un único día, no haría todos estos preparativos". Esta consideración le infundió nuevo valor; y, luego de abrir la biblioteca, tomó un libro donde leyó estas palabras en letras de oro:

Hola, Bella, no temas,
Eres reina y señora;
Sólo di qué deseas
Y será aquí y ahora.

–¡Ay! –exclamó ella, suspirando–, nada deseo más que ver a mi pobre padre y saber qué está haciendo.

Capítulo cuatro

No bien había dicho esto cuando, al posar la mirada en un imponente espejo, para su gran sorpresa vio su hogar, al que su padre llegaba con muy abatido semblante. Sus hermanas salieron a recibirlo y, pese a sus esfuerzos por parecer afligidas, la alegría por haberse librado de su hermana era visible en todas sus facciones. Un momento después, todo desapareció, así como los temores de Bella, gracias a esa prueba de la cortesía de la Bestia.

Al mediodía ella encontró la comida lista, y mientras estuvo a la mesa fue agasajada con un excelente concierto, aunque no vio a nadie. Pero

en la noche, cuando iba a sentarse a cenar, oyó el estruendo que hacía la Bestia, y no pudo evitar aterrarse.

—Bella —le preguntó el monstruo—, ¿me das permiso de verte cenar?

—Si así lo deseas —respondió Bella, temblando.

—No —repuso la Bestia—, tú eres la única ama aquí; basta que me pidas que me vaya, si mi presencia te es molesta, me retiraré de inmediato. Pero dime, ¿no te parezco muy feo?

—Sí —contestó Bella—. No sé mentir; pero creo que eres muy bueno.

—Lo soy —dijo el monstruo—; pero, además de feo, no tengo juicio; sé muy bien que soy una criatura desdichada, ridícula y tonta.

—No hay señal de locura para pensar eso —replicó Bella—, así que no te engañes creyéndolo ni tengas tan modesto parecer de tu entendimiento.

–Come entonces, Bella –dijo el monstruo–, y haz por divertirte en tu palacio; porque todo aquí es tuyo, y yo me sentiría muy a disgusto si no fueras feliz.

–Eres muy atento –respondió Bella–; reconozco que me agrada tu bondad. Cuando considero eso, tu deformidad casi desaparece.

–Sí, sí –dijo la Bestia–, mi corazón es bueno, pero de todos modos soy un monstruo.

–Entre los seres humanos –repuso Bella–, hay muchos que merecen ese nombre más que tú, y yo te prefiero, tal como eres, a aquellos que, bajo una forma humana, esconden un corazón traicionero, corrompido e ingrato.

–Si yo tuviera suficiente juicio –replicó la Bestia–, haría un refinado cumplido para compensarte, pero soy tan torpe que sólo puedo decir que estoy muy agradecido contigo.

Bella cenó muy bien, ya casi había vencido su horror al monstruo; pero estuvo a punto de desmayarse cuando él le preguntó:

–Bella, ¿serás mi esposa?

Pasó algo de tiempo antes de que ella se atreviera a responder; porque temía hacerlo enojar si se negaba. Por fin, sin embargo, contestó temblando:

–No, Bestia.

De inmediato el pobre monstruo comenzó a suspirar, y bufaba tan terriblemente que todo el palacio retumbó. Pero Bella se recuperó pronto del susto porque la Bestia, habiendo dicho, con lastimera voz: "Entonces adiós, Bella", abandonó la sala, y sólo se volvió de vez en cuando para mirarla mientras salía.

Cuando Bella estuvo sola, sintió mucha compasión por la pobre Bestia. "¡Ay!", dijo, "¡qué lástima que alguien tan bueno deba ser tan feo!"

Bella pasó tres meses muy satisfactorios en el palacio: cada noche la Bestia la visitaba y le hablaba durante la cena, muy racionalmente, con mucho sentido común, aunque nunca con lo que el mundo llama ingenio. Pero Bella descubría a diario valiosas habilidades en el monstruo. Por verlo a menudo se había acostumbrado tanto a su deformidad que, lejos de temer el momento de su visita, con frecuencia miraba su reloj para ver si ya eran las nueve, porque la Bestia nunca dejaba de llegar a esa hora.

Sólo había algo que preocupaba a Bella, y era que cada noche, antes de irse a dormir, el monstruo le preguntaba si sería su esposa. Un día ella le dijo:

—Bestia, me inquietas mucho, ojalá pudiera aceptar casarme contigo, pero soy demasiado

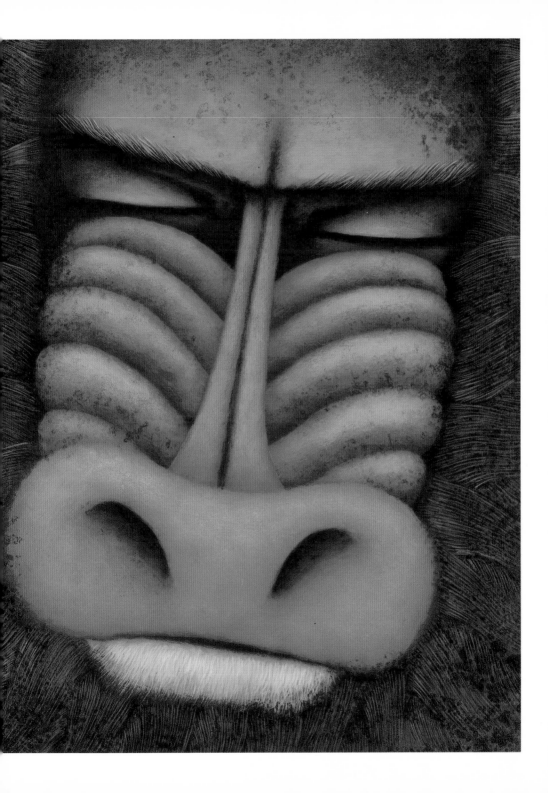

sincera para hacerte creer que eso sucederá alguna vez: siempre te estimaré como amigo; trata de estar satisfecho con eso.

–Debo hacerlo –dijo la Bestia–, porque, ¡ay!, conozco muy bien mi desgracia; pero te amo con el más tierno afecto. Sin embargo, debería ser feliz con sólo tenerte aquí; prométeme que nunca me dejarás.

Capítulo cinco

Bella se sonrojó ante estas palabras; había visto en el espejo que su padre sufría por su pérdida y anhelaba volver a verlo.

—Podría —replicó— prometer no dejarte nunca, pero tengo tan gran deseo de ver a mi padre que moriré de pena si me niegas esa satisfacción.

—Antes moriría yo —dijo el monstruo— que darte el menor desasosiego: te enviaré a tu padre, permanecerás con él, y la pobre Bestia morirá de dolor.

—No —replicó Bella, llorando—, te quiero mucho para ser la causa de tu muerte: te prometo regresar en una semana. Me has mostrado que mis hermanas se casaron y mis hermanos se fueron al ejército; únicamente déjame quedarme una semana con mi padre, pues está solo.

—Estarás allá mañana en la mañana —dijo la Bestia—, pero recuerda tu promesa. Basta que dejes tu sortija en la mesa antes de acostarte cuando quieras volver. Adiós, Bella.

La Bestia suspiró como siempre, deseándole buenas noches y Bella se fue a acostar muy triste de verlo tan afligido. Cuando despertó a la mañana siguiente, se hallaba en casa de su padre. Después de haber tocado una campanita que estaba junto a su cama, llegó una doncella, que pegó un fuerte grito en cuanto la vio, por lo que el buen hombre subió corriendo las escaleras y creyó morir de alegría al ver otra vez a su querida hija. La tuvo apretada entre sus brazos más de un cuarto de hora. Tan pronto como pasó el primer arrobamiento, Bella pensó en levantarse, pero temió no tener ropa que ponerse; entonces la doncella le dijo que en el cuarto contiguo acababa de encontrar un inmenso baúl repleto de vestidos

cubiertos de oro y diamantes. Bella agradeció a la buena Bestia su amable atención y, mientras tomaba uno de los más sencillos, pensó en regalar los demás a sus hermanas. No había acabado de planearlo cuando el baúl desapareció. Su padre le dijo que la Bestia había insistido en que los conservara y de inmediato los vestidos y el baúl regresaron.

Bella se vistió, y, entre tanto, enviaron por sus hermanas, que se abalanzaron allá con sus esposos. Ambas eran muy infelices. La mayor se había casado con un caballero, muy apuesto en verdad, pero tan pagado de sí que estaba lleno nada más de su querida persona y descuidaba a su esposa. La segunda se había casado con un hombre de ingenio, pero que sólo hacía uso de él para fastidiar y atormentar a todos, en especial a su esposa. Las hermanas de Bella rabiaron de envidia cuando la vieron vestida como una princesa y más hermosa que nunca. Ni siquiera la atenta y afectuosa conducta de ella pudo sofocar sus celos, a punto de estallar, cuando les dijo lo feliz que era. Ellas bajaron al jardín para desahogarse en llanto, y se dijeron: "¿En qué es esta criaturita mejor que nosotras, que deberíamos ser mucho más felices?"

—Hermana —dijo la mayor—, se me acaba de ocurrir algo: intentemos entretenerla más de una semana. Así tal vez el ridículo monstruo se enfurecerá tanto con ella por incumplir su palabra que la devorará.

—¡Muy bien, hermana! —respondió la otra—; tratémosla entonces con toda la bondad posible.

Después de tomar esta resolución, subieron, y fueron tan cariñosas con su hermana que la pobre Bella lloraba de alegría.

Cuando la semana llegó a su fin, ellas chillaron y se jalaron los cabellos. Parecían tan tristes de separarse de ella que su hermana prometió quedarse una semana más.

Con todo, Bella no pudo menos que reflexionar en la inquietud que seguramente le causaría a la pobre Bestia, a quien amaba sinceramente y en verdad anhelaba ver otra vez.

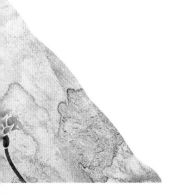

Capítulo seis

La décima noche que pasó en casa de su padre soñó que estaba en el jardín del palacio y que, tendido en el césped, yacía la Bestia, que a punto de expirar le reprochaba su ingratitud con agonizante voz. Bella salió de su sueño y echó a llorar. "¿No soy muy mala", se preguntó, "al actuar tan cruelmente con la Bestia, que se ha esforzado tanto para complacerme en todo? ¿Acaso es culpa suya ser tan feo, y tener tan poco juicio? Es bueno y amable, y con eso basta. ¿Por qué me negué a casarme con él? Sería más feliz con el monstruo que mis hermanas con sus esposos. No es el ingenio ni refinamiento del marido lo que hace feliz a una mujer, sino la virtud, la dulzura de carácter y la cortesía: y la Bestia tiene todas estas valiosas cualidades. Es verdad que no siento la ternura del afecto por él, pero veo que le tengo la mayor gratitud, estimación y amistad. No lo haré desgraciado. Si fuera tan

ingrata, jamás me lo perdonaría". Bella, habiendo dicho esto, se levantó, puso su sortija en la mesa y se volvió a acostar. Apenas acababa de meterse en la cama cuando se durmió.

Al despertar a la mañana siguiente, le encantó hallarse en el palacio de la Bestia. Se puso uno de sus más lujosos trajes para complacerlo y esperó la noche con suma impaciencia. Por fin llegó la deseada hora, el reloj dio las nueve, pero la Bestia no apareció. Bella temió entonces que ella hubiera sido la causa de su muerte. Corrió llorando y retorciéndose las manos por todo el palacio, como desesperada. Tras haberlo buscado en todas partes, recordó su sueño y corrió al canal del jardín donde soñó que lo había visto.

Ahí encontró a la pobre Bestia, tumbado, sin sentido y, como imaginaba, muerto.

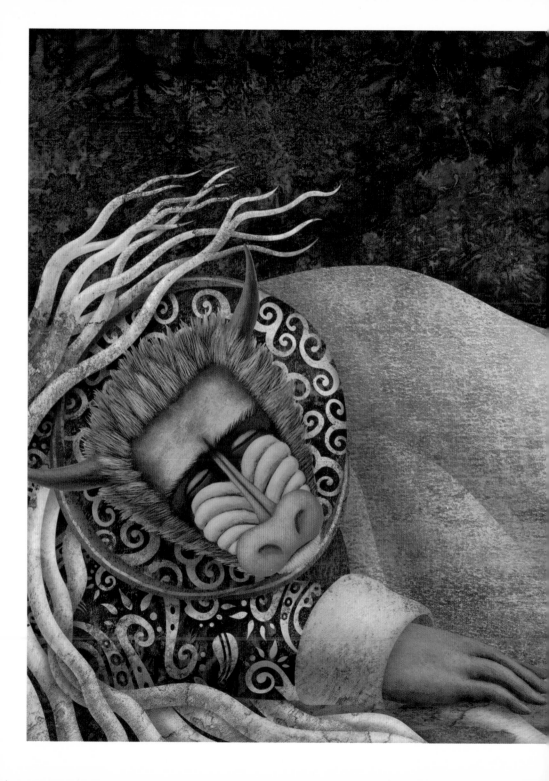

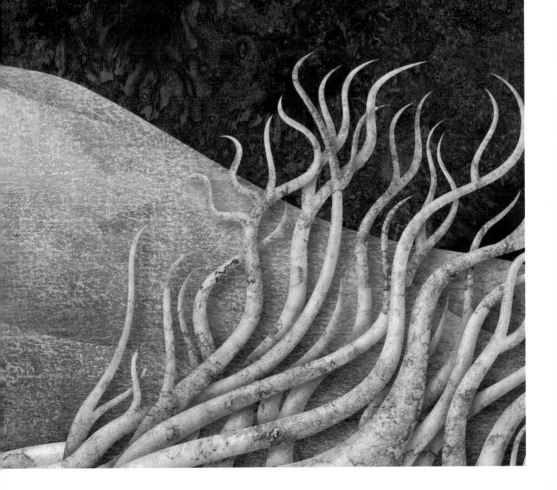

Se arrojó sobre él sin horror, y al descubrir que su corazón latía aún, llevó un poco de agua del canal y se la vertió en la cabeza. La Bestia abrió los ojos y le dijo:

—Olvidaste tu promesa, y tanto me afligió haberte perdido que decidí morir de hambre; pero como tengo la dicha de verte una vez más, muero satisfecho.

—No, amado mío —dijo Bella—, no debes morir; vive para ser mi esposo: desde este momento te doy mi mano, y juro ser sólo tuya. ¡Ay! Pensé que sólo sentía amistad por ti, pero el dolor que ahora siento me convence de que no puedo vivir sin ti.

Bella había pronunciado apenas estas palabras cuando vio que el palacio resplandecía, y fuegos de artificio, instrumentos musicales, todo parecía dar noticia de un gran acontecimiento, pero nada podía desviar su atención. Ella se volvió a su querida Bestia, por quien temblaba de temor: ¡pero cuán grande fue su sorpresa! La Bestia había desaparecido, y Bella vio a sus pies a uno de los más hermosos príncipes que ojo alguno haya visto jamás, quien le daba las gracias por haber puesto fin al hechizo bajo el que había parecido bestia durante mucho tiempo.

Aunque el príncipe era digno de toda su atención, ella no pudo evitar preguntarle dónde estaba la Bestia.

—Lo ves a tus pies —respondió el príncipe—. Un hada malvada me condenó a permanecer bajo esa forma hasta que una linda doncella aceptara casarse conmigo: el hada me prohibió también mostrar mi entendimiento; tú fuiste la única en el mundo suficientemente generosa para dejarse ganar por la bondad de mi carácter; y al ofrecerte mi corona, no me libero de la gratitud que te tengo.

Bella, gratamente sorprendida, tendió su mano al fascinante príncipe para que se levantara. Juntos entraron al castillo, y Bella se regocijó al encontrar, en el gran salón, a su padre y toda su familia, a quienes la hermosa dama que se le había aparecido en sueños había llevado hasta ahí.

—Bella —dijo la dama—, ven y recibe la recompensa de tu acertada decisión. Preferiste la virtud al ingenio y la belleza, y mereces una persona en la que todas esas cualidades están juntas: serás una gran reina; espero que el trono no reduzca tu virtud, ni te lleve a olvidarte de ti. En cuanto a ustedes, señoras —dijo el hada a las dos hermanas de Bella—, conozco sus corazones, y toda la malicia que contienen: conviértanse en estatuas; pero, bajo esta forma, conserven su razón. Permanezcan ante la puerta del palacio de su hermana, y sea su castigo contemplar su felicidad. No estará en su poder volver a su antiguo estado hasta que reconozcan sus faltas, aunque mucho me temo que nunca dejen de ser estatuas. Orgullo, ira, gula y ocio se vencen en ocasiones, pero la conversión de una mente envidiosa y malvada es casi un milagro.

De inmediato el hada dio un golpe con su varita mágica, y al instante todos los que estaban en el salón fueron transportados al palacio del príncipe. Sus súbditos lo recibieron con alegría; él se casó con Bella, y vivió con ella muchos años; y su felicidad, como estaba fundada en la virtud, fue completa.

FIN

Nació en Ruan, Francia. Muy joven llegó a la corte de Lorena, donde trabajó como dama de compañía y profesora de música para niños. Poco después se casó con el hombre que le dio su apellido literario; sin embargo, luego de dos años su desafortunado matrimonio fue anulado. Poco después se mudó a Londres para dedicarse a la educación de señoritas y comenzó una nutrida producción literaria y editorial. Comenzó a publicar *Le Nouveau Magasin Français*, publicación periódica que contenía poemas, cuentos y textos educativos y moralizantes. Fue una de las primeras en escribir cuentos de hadas originales para niños, aunque también escribió algunos relatos basados en los temas de los cuentos de hadas tradicionales. En 1757 apareció publica-

Marie L de

Francia

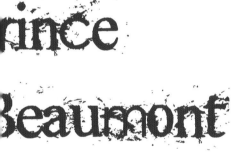

do *La Bella y la Bestia*, relato tradicional que Marie retomó, pulió y reestructuró a partir de la versión que escribió otra narradora célebre de su época, Madame Gabrielle-Suzanne Barbot, Señora de Villeneuve.

Hasta hoy, sigue siendo recordada por ser la autora de la versión más difundida del cuento de *La Bella y la Bestia*, pero es autora de más de setenta libros.

Al lado de su intensa actividad literaria pudo volver a casarse y tuvo seis hijos. A los cincuenta años regresó sola a su país natal, sin distraerse por los ofrecimientos de empleo de varios príncipes. En 1780 murió, en compañía de su hija y de sus seis nietos, dejando escritos tratados de moral, historia, gramática y teología.

Kim Sam-Hyeon

Estudió Diseño visual en la Universidad Nacional Chonbuk, en Korea, y realizó estudios de ilustración en Estados Unidos. Ha ilustrado numerosos libros de cuentos clásicos para niños, como *Los tres cochinitos*, *Cenicienta* y *El gato con botas*. Dicta clases en la Universidad Nacional Chonbuk y en la Universidad Wonkwang. Sus ilustraciones se caracterizan por las texturas extraordinarias y la expresividad de los personajes.